UN
CARNAVAL D'OUVRIERS,

VAUDEVILLE EN DEUX ACTES,

PAR

M. DIDIER,

REPRÉSENTÉ POUR LA PREMIÈRE FOIS, A PARIS, SUR LE THÉATRE DES FOLIES-DRAMATIQUES, LE 10 FÉVRIER 1838.

PARIS.

MARCHANT, ÉDITEUR,

BOULEVART SAINT-MARTIN, 12.

1838

PERSONNAGES.	ACTEURS.

GILBERT, tourneur en cuivre et mari de Louise.............. M. VILLARS.

BASTIEN, garçon de recette, amant de Fanny................ M. JUTEAU.

THÉOPHILE, ami de Bastien et de Gilbert................. M. BELMONT.

NOIROT, fondeur en cuivre.......................... M. BLUM.

LA MÈRE BONTEMPS, blanchisseuse en fin............... Mᵐᵉ HOUDRY.

LOUISE, sa fille, blanchisseuse en fin..................... Mˡˡᵉ ANITA.

FANNY, orpheline élevée par la mère Bontemps............. Mˡˡᵉ VALENTINE.

PAMÉLA, ⎞
        ⎬ ouvrières chez la mère Bontemps............ Mˡˡᵉ LÉONIDE.
GENEVIÈVE, ⎠ Mˡˡᵉ ANGÉLINE.

OUVRIERS, OUVRIÈRES.

La scène se passe à Paris, chez la mère Bontemps.

Le premier acteur inscrit tient toujours la gauche du spectateur.

UN

CARNAVAL D'OUVRIERS,

VAUDEVILLE EN DEUX ACTES.

~~~~~~

ACTE PREMIER.

</div>

Le théâtre représente une boutique de blanchisseuse, les tables pour repasser, les baquets, les fourneaux.

SCÈNE PREMIERE.

LA MÈRE BONTEMPS, Toutes ses Ouvrières *.

Au lever du rideau, tout le monde travaille ; la mère Bontemps va de l'une à l'autre, inspectant tout son monde.

CHOEUR.

Air *du Vaudeville final de la Volée de Pierrots.*

Blanchissons ! repassons !
Pour contenter la pratique,
Et fermons la boutique
L' plutôt que nous pourrons.

LA MÈRE BONTEMPS.

C'est demain jour de fête !
Faut que chacun s'apprête,
Et vous donner du mal,
Si vous voulez fair' carnaval.

REPRISE.

Blanchissons ! etc.

LOUISE.

Notre jeune coquette

* Louise, Fanny, la mère Bontemps, Paméla, Geneviève, deux ouvrières, au fond, occupées à ranger le linge.

N'a que c'te collerette,
Et ferait un beau train
Si nous n' la lui donnions pas d'main.

REPRISE.

Blanchissons ! etc.

GENEVIÈVE, *qui est toute mouillée.*

Je savonne sans cesse ;
Ça m'embêt', je l'confesse ;
Plus l'on m' donne à blanchir,
Et plus je finis par m' salir.

REPRISE.

Blanchissons ! etc.

PAMÉLA.

L' fils du propriétaire
S' met en Robert Macaire ;
Tous ses effets sont prêts,
Il n'attend plus qu' ses faux mollets.

TOUTES LES PETITES OUVRIÈRES.
C'est fini ! mère Bontemps, c'est fini !...

LA MÈRE BONTEMPS.
C'est bien, mes enfans, c'est bien... voyons votre ouvrage.

LOUISE.
Tenez, maman...
~~~~~~

LA MÈRE BONTEMPS, *lui repoussant la main.*

Oh! toi, c'est pas parce que t'es ma fille, mais on peut s'en fier à toi.

LOUISE, *riant.*

Dam! maman, c'est que j'ai profité de vos leçons.

FANNY, *lui montrant son ouvrage.*

Et moi, madame Bontemps?

LA MÈRE BONTEMPS.

C'est bien, mon enfant, continue, et tu ne seras pas mon apprentisse la plus manchotte.

FANNY, *riant.*

Il faut bien travailler, maman Bontemps, pour essayer de m'acquitter envers vous de ce que vous avez fait pour la pauvre orpheline.

LA MÈRE BONTEMPS.

Veux-tu bien ne pas parler de ça!... t'es un bon sujet, qu'a bien répondu à tout ce que j'attendais de toi...

LOUISE.

Tu es devenue une bonne petite sœur pour moi.

LA MÈRE BONTEMPS.

Et comme ma Louise, tu vas te marier ben honnêtement, j'peux l'dire, avec Bastien...

LOUISE.

L'ami de Gilbert... mon mari?...

LA MÈRE BONTEMPS.

Dont tu feras la félicité et blanchiras le linge, de manière à me faire honneur... voilà ma récompense, Fanny.

FANNY.

Vous êtes une si bonne femme, maman Bontemps!

LA MÈRE BONTEMPS.

Et toi, Paméla?...

PAMÉLA.

Est-ce bien?...

LA MÈRE BONTEMPS.

Toujours la même chose... Veux-tu que j'te dise, Paméla? tes idées romanesques nuisent à ton travail... on ne peut pas devenir bonne blanchisseuse, vois-tu, quand on croit être née pour devenir princesse.

PAMÉLA.

On peut avoir l'ambition de parvenir, ça ne fait de mal à personne.

LA MÈRE BONTEMPS.

Qu'à soi, et au linge des pratiques... quand on est blanchisseuse...

PAMÉLA, *soupirant.*

Quand on a eu des ancêtres ruinés par la révolution...

TOUTES LES OUVRIÈRES, *riant.*

Ah! des ancêtres!...

PAMÉLA.

Oui, mesdemoiselles, des ancêtres... riches et nobles, encore...

LA MÈRE BONTEMPS.

Eh ben, on tâche de devenir riche par son travail, et noble par ses sentimens... cette noblesse-là vaut ben l'autre, et au moins elle ne craint pas les révolutions. Mais ta mère t'a fourré dans l'idée que t'épouserais quelque gros richard... crois-ça et bois d'l'eau, t'iras pas de travers... Et toi, Geneviève?...

GENEVIÈVE.

Moi, j'ai fini, madame Bontemps.

LA MÈRE BONTEMPS.

Et t'as pas fait plus de gâchis que ça... pour laver une misère?...

GENEVIÈVE.

Oh! ça, c'est un peu d'eau.

LA MÈRE BONTEMPS.

Ah! t'appelles ça un peu... et comme te v'là faite! tu ne seras toujours qu'une grosse sans soins... Va te rechanger pour reporter le linge.

GENEVIÈVE.

Oui, madame Bontemps. (*A part.*) Ça me va bien mieux. C'est vrai, j'aimerais assez l'état de blanchisseuse s'il ne fallait pas laver.

On entend chanter Gilbert.

TOUTES LES OUVRIÈRES.

Oh! c'est M. Gilbert!

LA MÈRE BONTEMPS.

C'est mon gendre!...

LOUISE.

C'est mon mari!

SCENE II.

LES MÊMES, GILBERT *.

GILBERT, *en entrant.*

AIR *de l'Aumônier.*

Je suis Gilbert le tourneur,
　Plein d'ardeur,
　Travaillant
　Vivement,
　Et tournant proprement;
Je n'ai pas pour le talent
　Mon pendant,
　Je l'dis modestement!
Près de ma gentille épouse
Si des malins vienn'nt flâner;
Sans êtr' d'une humeur jalouse,
On peut fort bien s'aligner.
Tourneur, j'ai pas l'avantage
De savoir bien raisonner;
Mais ailleurs qu'à mon ouvrage,
Jamais on n'm'a fait tourner.

　Je suis Gilbert, etc.

Bonjour, belle-maman; bonjour, ma petite femme; bonjour, mes petites colombes.

TOUTES LES OUVRIÈRES.

Bonjour, monsieur Gilbert.

LA MÈRE BONTEMPS.

Vous avez fini de travailler, mon gendre?

GILBERT.

Oui, belle-maman, une demi-journée... est-ce que ça n'est pas gentil pour un lundi gras?

LA MÈRE BONTEMPS.

Je ne dis pas ça; je sais ben que vous êtes un garçon plein de courage...

GILBERT, *avec malice.*

Est-ce que c'est votre fille, belle-mère, qui vous l'a dit?

LOUISE, *rougissant.*

Gilbert!...

LA MÈRE BONTEMPS.

Vous dites toujours des bêtises, mon gendre.

* Fanny, Louise, Gilbert, la mère Bontemps, Paméla, Geneviève, les Ouvrières.

GILBERT.

Ah! bah! faut ben rire un peu; mais c'est demain surtout que nous allons nous en donner.

LOUISE.

Il y a assez long-temps que nous amassons pour ça.

GILBERT.

Et que vous attendez ce jour-là... hein! mes petites chattes?...

FANNY, *timidement.*

Est-ce que vos amis travaillent encore, monsieur Gilbert?

GILBERT, *l'imitant.*

Est-ce qu'ils travaillent encore, vos amis, monsieur Gilbert? j' sais ben ce que ça veut dire, allez... fine mouche, il va bientôt venir... Allons donc, faut pas rougir au point où vous en êtes... C'est pas parce que Bastien est mon ami intime... allez; mais vous ne pouviez pas mieux choisir, et vous avez fièrement bien fait de le préférer au moricaud de fondeur... Noirot est un bon garçon; c'est vrai, mais bête, bête... à s'en réveiller la nuit.

GENEVIÈVE, *à part.*

C'est comme moi, ici, on dit toujours que je suis bête...

GILBERT.

Au lieu qu'avec Bastien vous serez heureuse... comme ma Louise avec moi, c'est tout dire.

LA MÈRE BONTEMPS.

Ça serait joli si elle avait déjà à se plaindre de vous! les violons sont encore derrière la porte.

FANNY.

Et vous croyez qu'il viendra, monsieur Gilbert?

GILBERT.

S'il viendra! plutôt dix fois qu'une; d'ailleurs faut bien qu'il apporte sa dernière cotisation pour le grand jour de demain... Ah! à propos, mère Bontemps, ça me fait penser à vous donner la semaine des camarades Jules et Louis, qui me l'ont remise... voilà!..

LA MÈRE BONTEMPS.

Donnez, que j'inscrive.

GILBERT.

Voilà la mienne et celle de ma petite femme. Savez-vous que c'est une bonne idée que vous avez eue là, mère Bontemps, d'organiser, comme ça, une caisse d'épargnes pour le mardi gras, faire une carrossée... l' tremblement, quoi?...

LOUISE.

Ça ne semble rien, quarante sous par semaine.

GILBERT.

Et à la longue ça fait une jolie petite somme pour se divertir... Ah! en parlant d' ça, je me suis joliment disputé ce matin, rapport à vous.

LA MÈRE BONTEMPS *.

A moi?

GILBERT.

Oui, avec la femme du contre-maître; cette vieille pimbêche ne s'est-elle pas permis de vous critiquer?...

LOUISE.

Par exemple! qu'est-ce qu'elle peut trouver à dire sur le compte de maman?

GILBERT.

Elle la blâme de recevoir ici des jeunes gens.

LA MÈRE BONTEMPS.

Elle n'est pas la seule, mes enfants : toutes les vieilles femmes me critiquent de ce que je ne leur ressemble pas... ou, je crois, plutôt parce qu'elles ne peuvent pas me ressembler...

AIR *de la Grand'mère.* (Béranger.)

Je laisse ces sempiternelles
Gloser sur moi tout à loisir,
Jamais je ne serai comme elles
Un épouvantail au plaisir.
   La gaîté m'anime,
   Je ris des cancans;
   J'ai pour moi l'estime
   Des honnêtes gens.

REPRISE EN CHŒUR.

DEUXIÈME COUPLET.

Je ne prendrai les invalides
Que le plus tard que je pourrai,
Et pour effacer mes rides,
Tant que je pourrai, je rirai.

CHŒUR.

   La gaîté l'anime, etc.

TROISIÈME COUPLET.

Et vous, vieillards que l'on délaisse,
Qui vous plaignez des jeunes gens,
Venez, vous verrez la jeunesse
Me r'chercher après soixante ans.

CHŒUR.

   La gaîté l'anime, etc.

QUATRIÈME COUPLET.

Savez-vous pourquoi la jeunesse
Vous évite sur vos vieux jours?
C'est que vous rabâchez sans cesse,
C'est que vous la grondez toujours.

CHŒUR.

   La gaîté l'anime, etc.

GILBERT.

Bravo! mère Bontemps, bravo!

LA MÈRE BONTEMPS.

V'là ma morale, à moi, ma philosophie; elle en vaut bien une autre. On me reproche d'aimer le plaisir, eh ben! oui, j'aime le plaisir, moi! mais c'est pour ces jeunesses, surtout, que je le recherche; car je tiens à ce qu'elles s'amusent sous mes yeux... Quand on a ben travaillé, faut s'amuser, je ne connais que ça.

AIR *du Piége.*

Il faut donner de l'agrément
Aux jeunes fill's pour les distraire;
Tant qu'ell's pens'nt à leur amus'ment,
Ell's ne pensent pas à mal faire.

GILBERT.

Oh! je n' crains pas qu'au mépris de son devoir
Aucune de vos petit's s'amourache.
Des blanchisseus's ne doiv'nt-ell's pas avoir
Une réputation sans tache?

(*Parlé.*) Fameux, hein!

LA MÈRE BONTEMPS.

Et puis faut pas croire qu'il soit facile de m'endormir; la mère Bontemps a encore bon pied, bon œil.

GILBERT.

Et d' bonnes oreilles, j' m'en souviens : quand je fricassais l'amour à ma Louise, pas moyen d' vous rien cacher, quoi! Aussi il suffit qu'une jeune fille soit chez vous : c'est un certificat. (*Allant à Paméla.*)

* Fanny, Louise, la mère Bontemps, Gilbert, Paméla, Geneviève, les Ouvrières.

Et vous, mademoiselle Paméla, est-ce que vous ne
ferez pas bientôt aussi le bonheur de l'un de mes
amis, comme la gentille Fanny?

PAMÉLA.

Oh! moi, je ne suis pas pressée.

GENEVIÈVE.

Elle! épouser un ouvrier? prenez garde de le
perdre!

PAMÉLA.

Geneviève!...

GENEVIÈVE.

Voyons, tu ne m'as pas dit que tu ne voulais épouser qu'un mylord anglais ou russe, pour te promener
en calèche avec des ombrelles à n'en plus finir?

GILBERT, riant.

Si elle ne se marie que comme ça, nous ne sommes
pas près d'aller à la noce.

PAMÉLA.

Vous croyez ça, monsieur Gilbert; en tous cas,
j'aurai toujours bien le temps d'épouser un garçon
de recette, comme j'en connais.

FANNY.

Mademoiselle!...

GILBERT, souriant.

Un garçon de recette comme Bastien, n'est-ce pas?
voyez-vous ça! mais c'est que rien ne dit que vous
en rencontrerez un comme lui; mais c'est pas un
prince, et c'est un prince qu'il vous faut, à vous. Un
prince à madame, servez chaud!

LA MÈRE BONTEMPS.

Laissons cela; faut aller reporter le linge pour
être libre de bonne heure. (A Paméla.) Ah ça! la
grosse rentière ne dit pas quand elle donnera de
l'argent?

PAMÉLA.

Je crois même qu'on ne serait pas bien venu de
lui en demander.

LA MÈRE BONTEMPS.

Ces gens riches, ça ne pense pas que les ouvriers peuvent avoir besoin. Enfin ça viendra peut-
être : la queue de notre chat est bien venue.

GENEVIÈVE.

Faut-il demander à la veuve du sixième ce qu'elle
vous doit?

LA MÈRE BONTEMPS.

Garde-t'en bien! la pauvre femme est ben dans
une passe à me payer, avec ses pauvres petits innocens! Donne, donne son livre; tu lui diras qu'il est
perdu, égaré.

GENEVIÈVE.

Mais c'est que son compte se monte fièrement...

LA MÈRE BONTEMPS.

Eh ben! quand j' la blanchirais pour rien, ça ne
me ruinerait pas.

GILBERT.

O amour de vieille femme! et on l'abîme! Tiens,
toi, sa fille, embrasse-moi pour la peine.

Il lui prend la tête et l'embrasse.

LA MÈRE BONTEMPS.

Vous autres, allez, trottez, et revenez plus vite
que ça.

GILBERT, à Paméla.

Adieu, madame la duchesse de Paméla!

PAMÉLA.

Adieu, monsieur de tourneur en cuivre!

CHOEUR.

AIR : *Dépêchons-nous, vite en voiture* (les Femmes, le
Vin et le Tabac).

Débarrassons-nous tout de suite
De nos cours's et r'venons bien vite ;
  Doublons le pas,
  N'oublions pas
Qu' c'est d'main l' mardi gras.

GILBERT, à Paméla.

En attendant que votre adresse
Vous fasse devenir princesse,
Allez donc, vot' panier au bras,
  Faire vos embarras.

REPRISE.

Débarrassez-vous tout de suite, etc.

Toutes les petites ouvrières sortent.

* * *

SCENE III.

LOUISE, GILBERT, LA MÈRE BONTEMPS,
FANNY.

GILBERT, au fond.

Prenez garde de tomber, madame la duchesse!

LOUISE.

Gilbert, laisse donc Paméla; tu l'asticotes toujours.

LA MÈRE BONTEMPS.

Et il fait bien; car, à la fin d' ça, c'te petite fille-
là est insupportable avec sa vanité.

GILBERT.

Vous m'approuvez, mère Bontemps? ça m'encou-
rage à vous mettre dans le complot!

TOUTES.

Le complot!

GILBERT.

Eh! oui, une farce que nous lui avons faite, nous
deux Bastien.

FANNY.

Comment, M. Bastien s'en mêle aussi!

LOUISE.

Ah! Gilbert, encore quelque mauvais tour!

GILBERT.

Eh! non, bêtasse, puisque j' te dis une simple
farce que le carnaval autorise et tolère : nous lui
avons écrit une lettre d'attrape.

TOUTES.

Une lettre d'attrape!

GILBERT.

Oui; mais qu'elle prendra peut-être au sérieux :
une déclaration d'amour d'un grand personnage
anonyme, qui veut l'orner du titre de son épouse, et
l'embellir de toutes sortes de mille livres de rente.

LOUISE.

Ah! c'est méchant!

LA MÈRE BONTEMPS.

Oh! non, ils ont ben fait!...

GILBERT.

C'est pas tout : Bastien et moi nous avons pour camarade Théophile, un farceur fini, que justement les autres ne connaissent pas ; c'est lui qui sera l'Antony, le Richard, le prince déguisé.

LA MÈRE BONTEMPS.

C'est charmant! ça nous fera une intrigue comme dans les bals du grand monde.

LOUISE.

Et vous pensez qu'elle croira ça?

GILBERT.

Alors ça ne fera ni chaud ni froid; mais si elle donne dans la bosse, nous nous ficherons d'elle, et ça lui servira de leçon.

LA MÈRE BONTEMPS.

Il a raison; d'autant, pourtant, que ça ne dépassera pas les bornes de la bienséance et de la morale.

GILBERT.

Oh! la morale, mère Bontemps! j' suis à cheval dessus. Justement v'là Bastien, mon complice.

SCENE IV.

LOUISE, GILBERT, LA MÈRE BONTEMPS, BASTIEN, FANNY.

BASTIEN.

Bonjour, maman Bontemps; bonjour, madame Gilbert; bonjour, ma petite Fanny.

LA MÈRE BONTEMPS.

Bonjour, mon garçon, bonjour.

FANNY, *riant.*

C'est donc vous, monsieur, qui vous permettez d'écrire des déclarations aux demoiselles?

BASTIEN.

Moi?

FANNY.

Ou de leur en faire écrire, du moins.

BASTIEN.

Je ne comprends pas.

GILBERT.

Eh! oui, à Paméla! elles savent tout.

BASTIEN, *riant.*

Ah! ah! tu leur as conté...

GILBERT.

Il le fallait bien pour la suite.

BASTIEN, *de même.*

Je viens de la rencontrer; elle avait l'air encore plus fière avec moi que de coutume.

GILBERT.

Je crois bien, nous venions de nous escrimer ensemble à ton intention.

BASTIEN, *de même.*

C'est donc ça : elle m'a regardé du haut de sa grandeur.

GILBERT.

De sa grandeur future! Hum! ces idées de parvenir peuvent lui jouer un mauvais tour, j' m'entends! faut prendre garde à ça, mère Bontemps.

LA MÈRE BONTEMPS.

Qu'est-ce qu'on fait donc? Elle me donne même plus de mal à elle seule...

GILBERT.

Raison de plus pour tâcher de la guérir.

FANNY.

Ma foi, moi, je ne la plains plus, parce qu'indépendamment de sa fierté, je la crois méchante.

GILBERT, *avec malice.*

Et puisqu'elle a critiqué M. Bastien...

BASTIEN, *riant.*

Comment! elle s'est permis...

GILBERT.

Non, elle a pris des mitaines.

BASTIEN, *riant.*

En ce cas, je n'ai plus de ménagemens à garder ; entre nous, c'est guerre à mort!

GILBERT.

Et Théophile, où est-il ?

BASTIEN.

Il est allé se costumer en conséquence.

GILBERT.

A merveille! Ah ça! tu restes toute la journée avec nous ?

BASTIEN.

Oui, je n'ai plus que deux billets à aller toucher ; mais j'ai le temps, c'est dans le quartier.

GILBERT.

Bravo! Ah! j'entends tous nos amis.

SCENE V.

LOUISE, LA MÈRE BONTEMPS, NOIROT, GILBERT, BASTIEN, FANNY.

CHOEUR.

AIR : *la Cloche nous appelle.*

Chacun de nous fidèle
Accourt au rendez-vous,
Apporter avec zèle
Ses derniers quarant' sous.

LA MÈRE BONTEMPS.

Le grand jour va paraître ;
Grâce à nos arrang'mens,
Demain nous pourrons mettre
Les p'tits plats dans les grands.

REPRISE.

Chacun de nous fidèle, etc.

NOIROT, *qui est tout noir.*

Vous m'excuserez, maman Bontemps, si je me présente en habit de travail.

LA MÈRE BONTEMPS.

Allons donc, mon cher Noirot, c'est les plus beaux, car c'est eux qui servent à acheter les autres.

NOIROT, *riant bêtement.*

C'est vrai tout d' même, comme elle dit la mère Bontemps; c'est avec ceux-là qu'on va acheter... non, c'est pas ça, c'est avec...

GILBERT, *l'imitant.*

Et cætera pantoufles...

NOIROT.

Enfin comme elle a dit. Ah! bonjour, madame Gilbert. (*Changeant de ton.*) Bonjour, mademoiselle Fanny.

FANNY, *riant.*

Oh! vous m'en voulez encore, monsieur Noirot?

NOIROT.

Moi, mademoiselle, pourquoi donc ça? vous m'en avez préféré un autre, les opinions sont libres, c' n'est que pour ça qu'on a fait la révolution.

FANNY.

Ça ne m'empêche pas d'avoir ben de l'amitié pour vous.

NOIROT, *raillant.*

De l'amitié! oh! que c'est fade! ah! c'est bien fade.

BASTIEN.

Console-toi, va, mon pauvre Noirot, tu en épouseras une autre, et celle-là au moins n'aura pas que de l'amitié pour toi.

NOIROT.

Si j'en épouserai une autre? je l' crois bien! j'en épouserai même plusieurs si je veux.

BASTIEN.

Allons, j'aime mieux te voir prendre ton parti comme ça; à la bonne heure, tu ne penses plus à t'engager.

NOIROT.

Non; c'était bon dans le premier moment, s'engager, c'est trop pusillanime. (*A part.*) J'appuie sur le mot exprès.

BASTIEN.

Allons, je vous laisse, et vais toucher mes deux billets; je ne serai qu'un instant.

Il sort.

SCÈNE VI.

LES MÊMES, *excepté* BASTIEN.

GILBERT, *riant.*

Dis donc, Noirot, qu'est-ce donc que t'as dans le dos?

NOIROT.

Ah! ne m'en parle pas, c'est des gamins qui m'ont mis à la chiali.

GILBERT, *riant.*

Heureusement que ça ne paraît pas; un beau rat tout d' même!

NOIROT.

Frotte-moi donc... Oh! les gamins que j' les haïs! quelle bête d'invention... si j'étais préfet de police, je les supprimerais.

GILBERT, *raillant.*

Allons, voyons, pourquoi être si sévère?

NOIROT.

Tiens, ça t'est bien aisé à dire; tu n' sais pas qu'ils s'attaquent toujours à moi? C'est comme les chiens, quand je n'en ai que deux ou trois qui aboyent après moi, ça va bien, j' suis d' la fête!

UN OUVRIER.

C'est pas tout ça; mère Bontemps, v'là notre semaine.

TOUS LES AUTRES.

V'là la mienne, v'là la mienne.

LA MÈRE BONTEMPS.

C'est bien; écris, Louise. (*Louise prend le petit livret et écrit à mesure. Montrant les drapeaux.*) Vous voyez, nous nous sommes occupées aussi, nous autres; v'là les drapeaux qui seront bientôt prêts.

GILBERT.

Hein! quel effet ça fera sur le carrosse! (*Lisant l'inscription.*) « Les enfans de la gaîté. »

NOIROT.

C'est gigantesque!

FANNY, *prenant le drapeau.*

Donnez, mère Bontemps, que je les finisse.

LA MÈRE BONTEMPS.

Eh bien, mes enfans, êtes-vous fâchés d'avoir suivi mes conseils, d'avoir mis à la masse?

TOUS.

Bien au contraire, mère Bontemps.

UN OUVRIER.

Est-ce qu'aujourd'hui nous aurions chacun une centaine de francs pour nous amuser?

GILBERT.

Et il n'y a pas à dire que ça nous a gênés en rien du tout, quoi!

LA MÈRE BONTEMPS.

Sans compter que ces cent francs-là vous en ont fait gagner bien d'autres.

TOUS.

Comment ça donc?

LA MÈRE BONTEMPS.

Sans doute; le lundi, vous pensiez qu'indépendamment de votre nécessaire, il vous fallait mettre de côté de quoi m'apporter à la fin de la semaine; la crainte d'y manquer vous faisait travailler ferme et économiser.

NOIROT.

Vous, mère Bontemps, vous êtes une femme modèle!

LA MÈRE BONTEMPS.

Je savais bien ce que je faisais, allez.

NOIROT.

C'est que c'est vrai, tout d' même, j'ai travaillé comme un nègre.

GILBERT, *riant.*

Et t'en as gardé la couleur.

NOIROT.

Ah! l' mauvais calembourg!

GILBERT.

Mes amis, puisque nous avons une quantité de noyaux qui ne doivent rien à personne, il faut nous en donner jusqu'à ce que mort s'en suive.

LOUISE, *vivement.*

Il faut louer de beaux déguisemens surtout.

GILBERT.

On louera des déguisemens *étincellans* de paillettes; seras-tu contente?

UN OUVRIER.

Il faudra mettre huit chevaux à la voiture.

NOIROT.

C'est ça, qu'on nous prenne pour le roi.

UN AUTRE OUVRIER.

Et un repas, comme le festin de Balthazar!

NOIROT.

Une carrossée modèle, quoi!

GILBERT.

Il n' sort pas d' ses modèles, celui-là.

LA MÈRE BONTEMPS.

Si vous m'en croyez, mes enfans, vous vous amuserez, puisque c'est pour ça que vous avez amassé ; mais croyez-moi, c'est pas l'argent qu'on jette par les fenêtres qui procure le plus de plaisir ; tout en vous amusant, n'oubliez pas que l'hôpital est près des Deux-Moulins.

GILBERT.

Vous parlez comme un livre, mère Bontemps.

SCENE VII.

Les Mêmes , GENEVIÈVE , NOIROT, LOUISE, LA MÈRE BONTEMPS , GILBERT, PAMÉLA, FANNY, les Ouvriers, Ouvrières, *au fond.*

CHOEUR DES PETITES OUVRIÈRES.

Air : *Vos meubles vont sortir.*

A l'instant nous venons
De terminer notre tournée ;
L' rest' d' la journé
Aussi nous nous reposerons.

ENSEMBLE.

Enfin voici qu'ell's ont
Terminé leur grande tournée ;
L' rest' d' la journée
Comme ell's s'en donneront !

GENEVIÈVE.

Ouf ! j'nen puis plus : pour porter notre ouvrage,
J'ai tant couru que je suis toute en nage.

GILBERT, *allant à Paméla.*

Eh bien, duchesse, allez-vous vous marier ?

PAMÉLA.

Nous verrons, rira bien qui rira le dernier.

REPRISE.

A l'instant, etc.

GENEVIÈVE.

Bonjour, monsieur Noirot, oh ! oh !

Elle rit bêtement.

NOIROT.

Bonjour, mademoiselle Geneviève. (*A part.*) Elle rit toujours en me regardant, c'te grosse-là.

PAMÉLA.

Non, on avait tort d'avoir de l'ambition !

LOUISE.

Qu'est-ce que tu veux dire ?

FANNY.

Explique-toi donc !

LA MÈRE BONTEMPS.

Qu'y a-t-il ?

PAMÉLA.

Oh ! rien, presque rien ; seulement quelqu'un d'un peu comme il faut qui me demande en mariage.

TOUS.

Vraiment !

GILBERT, *à part.*

Nous y voilà. (*Haut.*) Il serait vrai ?

PAMÉLA.

Non, monsieur Gilbert, ça n'est pas ; et cette lettre n'est qu'une plaisanterie.

TOUS.

Une lettre !

GILBERT, *aux femmes.*

La nôtre. (*Haut.*) Voyons donc.

PAMÉLA.

Ah ! du tout, ce sont mes secrets.

GILBERT.

Mais encore, quel est le nom du jeune homme ?

PAMÉLA.

Du jeune homme ?

GILBERT.

Dam, je n' suppose pas que c'est un invalide qui...

PAMÉLA.

Non, monsieur, ce n'est pas un invalide, c'est un jeune homme, un beau jeune homme même (*A part.*) Oh ! oui, il doit être jeune et beau. (*Haut.*) Il est riche et noble encore ; mais je ne vous dirai pas son nom.

GILBERT, *aux autres.*

Ça lui serait difficile.

GENEVIÈVE, *à Noirot.*

Elle est fièrement heureuse tout de même.

Elle rit.

NOIROT.

Vous trouvez ? (*A part.*) Mais j' l'avais pas bien vue encore, mais c'est qu'elle n'est pas mal, c'te grosse boule-là.

GILBERT.

Ah çà ! voyons, faut aller faire nos comptes.

TOUS.

Ça y est, ça y est.

Il se fait un mouvement pour sortir, lorsque Théophile paraît.

SCENE VIII.

Les Mêmes, THÉOPHILE, *au milieu, entre* GILBERT *et* LA MÈRE BONTEMPS.

THÉOPHILE.

N'est-ce pas ici que demeure Mme Bontemps ?

TOUS.

Oui, monsieur.

GILBERT, *aux femmes.*

C'est Théophile !

LES FEMMES, *entre elles.*

C'est Théophile.

PAMÉLA, *l'examinant.*

Ah ! mon Dieu ! c'est le jeune homme qui me suivait tout-à-l'heure ; quel soupçon !

LA MÈRE BONTEMPS.

Monsieur, qu'y a-t-il pour votre service ?

THÉOPHILE, *saluant avec affectation.*

Madame, je vous suis adressé par M. Gaillard, votre parent.

LA MÈRE BONTEMPS, *à part.*

Où diable va-t-il me chercher ce parent-là ? (*Haut.*)

Monsieur Gaillard, mon cousin? donnez-vous donc
la peine de vous asseoir.

THÉOPHILE, *même jeu.*

Mille grâces, madame, mille grâces.

NOIROT, *à Geneviève.*

Qu'est-ce donc qu'il a donc à faire ça ?

Il l'imite.

LA MÈRE BONTEMPS.

Et comment se porte cet excellent parent, (*à part*)
que je n'ai jamais vu?

THÉOPHILE.

Assez bien, si ce n'est sa goutte.

LA MÈRE BONTEMPS.

Ah! il a la goutte? tant pis, tant pis!

GILBERT, *riant.*

Comme dit Mme Pochet : Faut mieux la boire que
d' l'avoir.

THÉOPHILE.

Mais pardon, madame, je vous trouve en grande
réunion; bien que ce soit précisément le motif de
cette réunion qui m'amène, je crains d'être indiscret.

LA MÈRE BONTEMPS.

Envoyé par mon bon parent, qui a la goutte, vous
ne pouvez jamais l'être.

GILBERT, *bas à Théophile.*

Allons, ferme!

THÉOPHILE, *pesant sur chacun de ses mots.*

Voilà le but de ma visite : provincial, nouvelle-
ment débarqué chez M. Gaillard, l'ami de ma famille, et me trouvant pour l'instant dans la capitale
des beaux-arts, si renommée pour ses bals masqués,
mon plus grand désir était de les connaître; mais,
seul, il me fallait un guide, et, vous concevez, votre
parent n'est guère en état de m'en servir.

LA MÈRE BONTEMPS.

J' crois ben, sa goutte...

THÉOPHILE.

Il me fallait donc recourir à d'autres cicérone...

GENEVIÈVE.

Cicerone?

NOIROT.

C'est de l'anglais!

THÉOPHILE.

Lorsque M. Gaillard s'est rappelé que vous aviez
formé le projet de vous amuser en famille, et il a
pris la liberté de m'adresser à vous, espérant que vous
voudrez bien m'accueillir dans votre société.

GILBERT, *riant, à part.*

En voilà un satané blagueur !

THÉOPHILE.

Voici sa lettre de recommandation.

NOIROT, *à Geneviève.*

Sa cravate le gêne, pour sûr.

LA MÈRE BONTEMPS, *lisant.*

«Monsieur, quand me donnerez-vous l'argent...?»

THÉOPHILE, *bas, en la reprenant.*

Ah! pardon, ce n'est pas ça. (*A Gilbert.*) C'est
une lettre de mon tailleur.

Il lui en donne une autre.

LA MÈRE BONTEMPS, *tout en faisant semblant de lire.*

Voyons, il s'agit de n'être pas bête ici. (*A Théophile.*) Vous me voyez enchantée de l'honneur que
vous me faites.

THÉOPHILE, *saluant.*

Ah! madame, madame...

NOIROT, *à lui-même.*

Non, c'est un torticoli.

LA MÈRE BONTEMPS.

Mais vous concevez, ici je ne suis pas plus que ces
messieurs et dames.

THÉOPHILE, *saluant.*

Je comprends, madame, je comprends, mon ad-
mission dépend de...

NOIROT, *qui l'examine.*

Ça doit l'incommoder.

THÉOPHILE.

Mesdemoiselles, serais-je assez malheureux...?

GILBERT.

Du tout, monsieur, vous paraissez un bon enfant,
vous serez des nôtres; n'est-ce pas, Noirot?

NOIROT, *comme s'éveillant.*

Hein? toujours! les amis des amis sont nos amis...
en payant leur z'écot.

GILBERT, *bas.*

Tais-toi donc !

NOIROT, *de même.*

J'ai dit une bêtise?

GENEVIÈVE.

Il paraît que oui.

GILBERT.

Voilà ce que c'est, monsieur : faut vous dire que
nous avons fait une espèce de tontine... Tenez, justement, quand vous êtes arrivé, nous allions casser
la tirelire.

THÉOPHILE.

Vous me direz ce que...

GILBERT.

C'est bien, c'est bien ! (*Bas.*) Te v'là dans la ci-
tadelle, à ton rôle.

THÉOPHILE, *de même.*

Est-ce bien déjà?

GILBERT.

Ravissant !

LA MÈRE BONTEMPS, *à Louise.*

C'est charmant, nous v'là avec une intrigue comme
à l'Opéra.

NOIROT, *à part.*

J'ai un projet sur la grosse boule. O amour! voilà
bien de tes coups !

PAMÉLA, *à part.*

Comme il me regarde ! serait-ce lui?

LA MÈRE BONTEMPS, *bas à Théophile, le doigt sur la
bouche.*

Vous voyez qu'on se fie à vous, monsieur Théophile.

THÉOPHILE, *de même.*

Soyez tranquille, madame Bontemps.

GILBERT.

Aux comptes ! aux comptes !

CHOEUR.

AIR *de la Valse de J. Doche.*

Allons, amis, casser la tirelire ;
Pour elle enfin voici l'instant fatal !
Le plus bisquant, lorsque son règne expire,
C'est qu'il annonce la fin du carnaval.

GILBERT.

Dieu du plaisir, exauce mes prières ;
Fais que ce jour soit raccourci soudain,
A condition que ces heures si chères
Seront r'porté's sur celui de demain.

REPRISE.

Allons, amis, casser la tirelire, etc.

Tout le monde sort à gauche.

SCENE IX.

GENEVIÈVE, NOIROT, THÉOPHILE, PAMÉLA.

Les deux femmes sont assises et travaillent.

THÉOPHILE,

Enfin je puis donc vous parler, chère Paméla.

PAMÉLA, *surprise.*

Comment, monsieur, vous savez mon nom ?

THÉOPHILE, *avec fatuité.*

Si je sais votre nom, belle enfant ? mais je vous
sais par cœur ! N'avez-vous pas deviné que c'est pour
vous, pour vous seule, que je suis ici ?

PAMÉLA.

Pour moi ? (*A part.*) C'est bien lui ! c'est l'anonyme.

Ils continuent bas.

NOIROT, *à part.*

Quelle idée ! Faut que je l'imite. (*Haut.*) Mademoiselle Geneviève, j'aurais un mot à vous couler
dans le tuyau de l'oreille.

GENEVIÈVE.

Qu'est-ce que vous me voulez, monsieur Noirot ?

Tout le reste de la scène Noirot imite les contorsions de
Théophile.

PAMÉLA, *haut.*

Comment, monsieur, cette lettre que j'ai reçue était
de vous ?

THÉOPHILE.

De moi-même, bel ange !

PAMÉLA.

Mais, monsieur, si vos intentions sont pures, pourquoi ne pas déclarer à Mme Bontemps ?...

THÉOPHILE.

Que je me nomme Anatole de Buscambille, marquis de la Rotillère ?

PAMÉLA.

Marquis ?

THÉOPHILE.

Sans doute, je me ferai connaître, mais pas aujourd'hui, non, plus tard.

NOIROT.

M'y voilà, Geneviève : avant de vous connaître,
j'avais adressé mes vœux à Fanny.

GENEVIÈVE.

Comm !

NOIROT.

Oui. Je fus repoussé avec perte, comme je l'avais
déjà été nombre de fois avant : voilà mes titres.

GENEVIÈVE.

Ici on appelle ça recevoir son balai.

NOIROT.

Langage naïf, qui peint bien un succès amoureux.

PAMÉLA, *bas.*

Si j'étais sûre que vous soyez sincère encore ?...

THÉOPHILE.

Paméla, je le jure par mes nobles aïeux !

NOIROT.

Eh bien ! Geneviève, si je me déclarais à vous pour
la douzième ou treizième fois, je ne sais pas
bien au juste, recevrais-je aussi mon balai, dites, ô
Geneviève ?

GENEVIÈVE.

Pas tout de suite.

NOIROT.

Comment, pas tout de... ?

GENEVIÈVE.

Dam ! il faut réfléchir, et puis se connaître bien.

NOIROT.

Oh ! oh ! rien de plus juste, Geneviève ; on le voit
assez, je ne me farde pas.

PAMÉLA.

En vérité, monsieur, c'est un rêve.

THÉOPHILE.

Un rêve qui n'attend qu'un mot de vous pour devenir une réalité.

GENEVIÈVE.

Mais, monsieur Noirot, je ne suis qu'une apprentisse.

NOIROT.

Que m'importe la fortune ? je ne m'en fiche pas
mal, Geneviève ! Je vous offre ma main et ma journée de cent dix sous quand je fais cinq quarts ; voilà
Noirot le fondeur, le voilà !

THÉOPHILE.

Mais ce mot, Paméla, ce mot que j'attends de
votre bouche...

PAMÉLA, *minaudant.*

Je n'ose... je n'ose encore !

NOIROT.

Eh bien ! Geneviève, qu'est-ce que vous dites ?

GENEVIÈVE.

Ni oui ni non, comme les Normands.

MORCEAU D'ENSEMBLE.

Musique nouvelle de M. Hostié.

PAMÉLA, *faisant la précieuse.*

Vous me parlez de votre flamme,
Autant en emporte le vent ;
Car je suis sûr' qu'à chaque femme
Partout vous en dites autant.

THÉOPHILE, *avec explosion.*

Paméla, quelle est votre erreur !
Vous déchirez mon tendre cœur :
Toujours je vous serai fidèle ;
Croyez-le bien, ma toute belle,
Rien n'égale ma passion (*bis*).
Quand il brûle pour son Adèle,
Antony, qu'on prend pour modèle,
Près de moi n'est qu'un polisson.

PAMÉLA.

Monsieur vous êt's bien pressant, sur mon âme.

THÉOPHILE.

Paméla, répondez et couronnez ma flamme,
Et daignez accepter de votre serviteur
La main (*bis*), la fortune et le cœur.

NOIROT, *à Geneviève.*

O mon Dieu! moi, dans mon ménage,
Je ne s'rai pas trop exigeant,
Que j' trouve, en r'venant d' mon ouvrage,
Mon souper prêt en arrivant
Et mon linge d'une entière blancheur,
Je s'rai toujours de bonne humeur.

GENEVIÈVE.

Pour vous, c'est une bonne aubaine,
Car je blanchis toute la semaine,
Et pour me remettre, à la maison,
Lorsque je rentre chez ma mère,
Le soir encor, pour me distraire,
Ell' me fait fair' du *mironton.*

NOIROT.

Ell' vous fait fair' du mironton!

Avec explosion.

Du mironton (*bis*)! c'est un' chose excellente!
Je n'y tiens plus, vous serez mon amante.

ENSEMBLE.

Acceptez d' l'amoureux fondeur
La main, la fortune et le cœur.

THÉOPHILE.

Eh bien! acceptez-vous de votre serviteur, etc.

GENEVIÈVE *et* PAMÉLA.

Puis-je croire à votre ardeur?
Vous ne serez jamais trompeur?

*Théophile et Noirot tombent à genoux sur la fin de
l'ensemble.*

LA MÈRE DONTEMPS, *en dehors.*

Geneviève! Paméla!...

TOUTES DEUX.

Voilà! voilà! madame Bontemps.

THÉOPHILE, *à Paméla.*

Je rejoins la société avec vous.

Il entre avec elle.

NOIROT, *l'imitant.*

Rejoignez la société avec vous.

SCENE X.

NOIROT, *seul.*

Avec mon petit air, ça ne va pas mal près de
la grosse Geneviève; elle est bête, c'est vrai; mais
j' crois qu' nous ferons un bon ménage. Ah çà! ils
n'en finissent pas là-dedans avec leurs comptes;
j'irais bien; mais j' peux pas souffrir les calculs.

AIR *du Vaudeville du Colonel.*

J'ai tant reçu d' coups dans ma classe
Pour calculer quand j'y prenais mes leçons,

Que je n' peux plus mêm' voir en face
Les numéros qu'on met sur les maisons.
Fair' des calculs, c'est pour moi du grimoire,
J' peux pas compter, c'est peut-être un préjugé;
C'est au point, on n' pourra pas l' croire
Que je n 'sais pas l'âge que j'ai.
Parol' d'honneur, je n' sais pas l'âge que j'ai.

SCENE XI.

BASTIEN, NOIROT.

BASTIEN, *tout défait.*

Ah! c'est toi, Noirot?

NOIROT.

Ah! mon Dieu, comme t'es affairé! Est-ce qu'on
t'a mis à la *chiâlis?*

BASTIEN.

Il s'agit bien d' ça!

NOIROT.

On m'y a bien mis, moi, et à preuve.

BASTIEN.

Non, Noirot, il vient de m'arriver le plus grand
des malheurs!

NOIROT.

Ah! mon Dieu! à toi, Bastien? parle! nous avons
beau être rival... toutefois *te...* lorsque le malheur
et l'infortune... Bastien... ah! jamais... toujours...
Enfin que t'est-il arrivé?

BASTIEN.

Tu sais que je suis allé toucher de l'argent, c'é-
taient deux billets de cinq cents francs chaque; je revenais tout joyeux avec mes deux billets de banque,
car je pensais à Fanny, lorsque, près d'ici, je me suis
aperçu que j'avais perdu mon portefeuille!

NOIROT.

Perdu? ou ben on te l'aura volé peut-être!

BASTIEN.

Oh! non, non, je ne le crois pas.

NOIROT.

On ne sait pas! les filous sont si malins c't' année!
ils vous disent comme ça: Ah! vous avez là un beau
portefeuille! et puis ils vous le volent!

BASTIEN.

Ah! mon Dieu! que faire? à quel parti m'ar-
rêter?

NOIROT.

Je n'en vois pas d'autre que de raconter naïvement
la chose à ton patron.

BASTIEN, *vivement.*

M'en préserve le ciel! on croirait que j'ai joué
cette somme, que je l'ai volée, peut-être! Oh! non,
plutôt mourir... J'ai bien quelque économie que je
gardais pour me marier, mais c'est si loin de compte...

NOIROT, *se fouillant.*

J'ai bien quelques sous...

BASTIEN.

Non, je n'ai qu'un parti à prendre... Noirot, tu
as voulu t'engager dans le temps.

NOIROT, *vivement.*

Y penses-tu?...

BASTIEN.

Oui, oui... ton recruteur était un brave, m'as-tu
dit?

NOIROT.

M. Durand... oui, mais réfléchis, Bastien...

BASTIEN.

Je n'ai que ce parti à prendre, te dis-je !

AIR :

Avant une heure il me faut cette somme,
C'est le moyen d'empêcher un éclat.
Conduis-moi donc sur-le-champ chez ton homme,
Dans un instant je vais être soldat !
Et cependant en quittant cell' que j'aime
C'est, je le sens, renoncer au bonheur.
Mais il le faut j'engage aujourd'hui même
Ma liberté pour sauver mon honneur.

NOIROT.

Ah ! surtout rien à Fanny ni aux autres ; je les
entends ; qu'ils ne soupçonnent rien.

SCENE XII.

PAMÉLA, THÉOPHILE, LOUISE, LA MÈRE
BONTEMPS, GILBERT, FANNY, BASTIEN,
NOIROT, GENEVIÈVE, Les Ouvrières, *au
fond.*

Toute la société sort du cabinet de gauche.

CHOEUR.

AIR : *Vaudeville des Cuisinières.*

Amis, voilà le sac à la malice ;
Ce qu'il contient vous procure à l'instant
L'esprit, le cœur, le bon droit, la justice ;
Car on a tout quand on a de l'argent.

GILBERT, *seul, tenant le sac.*

Grâce aux chevaux, aux bombanc's, aux fanfares,
De cet argent nous verrons vit' la fin.
Hier encor nous étions des avares,
Et nous serons des prodigues demain.

GILBERT.

Ah çà ! il faut que quelqu'un garde tout ça et se
charge des dépenses.

NOIROT.

Pardine, il n'y a qu'à le laisser à Mme Bontemps.

LA MÈRE BONTEMPS.

Du tout, du tout ; vaut mieux que ça soit un
homme.

GILBERT.

Alors il faut nommer un caissier... Voyons, vous
autres.

NOIROT.

Est-ce qu'il n'est pas entre bonnes mains ?

TOUS.

Il a raison ; garde-le, toi, Gilbert.

GILBERT.

Vous le voulez tous ?

TOUS.

Oui, oui... Gilbert.

GILBERT.

Ça y est, je suis caissier... En avant la noce !...

GENEVIÈVE, *allant près de Noirot et le pinçant.*

Me v'là, moi, monsieur Noirot.

NOIROT, *se tâtant le bras.*

Je l' sens bien, mam'zelle Geneviève.

GENEVIÈVE, *riant bêtement.*

Eh ! eh ! eh !

NOIROT, *à part.*

Quoique ça, elle n'est pas mal serine... Ne nous
pressons pas ; si Bastien part...

THÉOPHILE, *bas.*

Chère Paméla, demain serai-je votre cavalier ?

PAMÉLA, *minaudant.*

Vous me le demandez, vilain méchant !

THÉOPHILE, *à part.*

Hein ! si on n'était pas... honnête... (*se retournant
et voyant la mère Bontemps*) surveillé surtout...

GILBERT.

Ah çà ! c'est bien convenu, pour ne pas courir
tout déguisés les uns après les autres, nous nous ren-
drons tous chez le traiteur ?

TOUS.

Oui, oui !

GILBERT.

C'est là que la voiture viendra nous prendre ?...

TOUS.

C'est ça !...

LA MÈRE BONTEMPS.

Allons, enfans, séparons-nous, et à demain.

CHŒUR.

AIR *de Roger* (Curé de Champaubert).

Folie (*bis*),
Viens avec nous fair' carnaval.
Amis, qu'en cette vie
On n'ait jamais rien vu d'égal ;
Que la foule étonnée
Cri' devant nos drapeaux :
Des masques de l'année,
Oui, ce sont les plus beaux.

FANNY, *à Bastien.*

Bastien, quelle triste figure ! qu'avez-vous donc ?

BASTIEN.

Moi ? rien... au contraire, vive la folie !

REPRISE DU CHOEUR.

Folie, etc.

Gilbert et un autre ouvrier agitent les deux drapeaux et
les autres leurs chapeaux en l'air ; comme ils vont pour
sortir, le rideau tombe sur le tableau.

FIN DU PREMIER ACTE.

ACTE DEUXIÈME.

Le théâtre représente l'intérieur d'un beau restaurant ; un cabinet de chaque côté, une table à droite, etc.

SCÈNE PREMIÈRE.

Le Garçon, LOUISE, FANNY.*

LE GARÇON.

Par ici, mesdemoiselles, par ici. Voici le salon retenu par M. Gilbert.

LOUISE.

Il est bien, n'est-ce pas, Fanny ?

LE GARÇON.

C'est notre plus grand ; nous avons laissé à votre disposition ces deux cabinets, qui vous serviront de vestiaires : voici celui des messieurs, de ce côté celui des dames.

LOUISE.

Je vous remercie, monsieur... Dis donc Fanny, nous aurons joliment de la place pour danser...

FANNY, *tristement.*

Oui, sans doute.

LOUISE.

Ah çà ! mais sais-tu que pour un jour de fête tu as l'air d'un bonnet de nuit, ma chère ?

FANNY.

Ah ! Louise, j'ai bien du chagrin, va !

LOUISE.

Toi? y penses-tu ! et pourquoi ça donc, bon Dieu ?...

FANNY.

Bastien ne m'aime plus.

LOUISE.

Allons donc ! en voilà bien d'une autre ! lui, Bastien... ne plus t'aimer ? Tu es folle.

FANNY.

Ah ! tu as beau dire, depuis hier il n'est plus le même avec moi ; je ne sais ce qu'il a, il paraît triste et d'une froideur... Tiens, ce matin encore, j'ai bien vu qu'il m'évitait.

LOUISE.

Tu te le seras figuré : il ne t'a peut-être seulement pas vue.

FANNY.

Ah ! je suis bien sûre du contraire.

LOUISE.

C'est qu'on s'imagine des fois des choses... je sais ça, moi. En tout cas, veux-tu que je te dise, Fanny ? tu as un grand défaut...

* Tous les personnages sont déguisés, excepté Noirot, Bastien et la mère Bontemps.

FANNY.

Moi ?

LOUISE.

Oui, toi ! C'est de laisser trop voir à Bastien qu'il est aimé.

FANNY.

Comment ! tu appelles ça un défaut?

LOUISE.

Oui, un défaut ! et un très-grand, ma chère. Bastien est un bon garçon, mais il ressemble à tous ces monstres d'hommes... et crois-en l'expérience d'une femme mariée.

AIR : *Apportez vos pinceaux* (le Vendu).

Auprès de son amant
  Paraître éprise
    Et soumise,
C'est le moyen vraiment
D' le rendre bientôt inconstant.

Tu peux m'en croire, ma chère,
Les hommes sont avantageux ;
Quand ils sont sûrs de nous plaire,
Ils cessent d'être amoureux.
Auprès de son amant, etc.

DEUXIÈME COUPLET.

Aussi la coquetterie
Est un excellent moyen ;
Même un peu de jalousie
Avec eux ne gâte rien.
Auprès de son amant, etc.

FANNY.

Oui, ma sottise est extrême,
Et je vais, avec Bastien,
Essayer aujourd'hui même
De ton excellent moyen.
Auprès de son amant, etc.

LOUISE.

Auprès de son amant, etc.

NOIROT, *en dehors.*

C'est bon, c'est bon... je trouverai bien.

LOUISE.

Tiens, voilà Noirot, ton autre soupirant.

FANNY, *allant s'asseoir à droite.*

Pauvre garçon, je suis bien sûre qu'à la place de

Bastien il ne ferait pas l'indifférent comme lui.

LOUISE, *riant.*

C'est tout simple : plus tu le refuses, et plus il te veut. C'est la morale ordinaire des choses.

Elle va s'asseoir également.

SCENE II.

NOIROT, LOUISE et FANNY.

NOIROT, *entrant sans les voir.*

Ah ! bien bon ! c'est tout vilain... ah ! bien ! on ne se rendra pas ici ce soir, en costume... non, c'est mon sac !

LOUISE.

Comment ! c'est vous, monsieur Noirot ?

NOIROT.

Tiens, je ne vous voyais pas... Ah ! bien, vous êtes toutes mal, merci !

LOUISE.

Y pensez-vous ? encore tout noir à cette heure-ci ?

NOIROT.

Ne vous inquiétez pas, madame Gilbert, j'ai mon plan, à moi connu. Je ne serai pas le dernier prêt, allez : et vous, mesdames ?

LOUISE.

Nous attendons Gilbert.

NOIROT.

C'est juste, c'est lui qui est le préfet du bal.

LOUISE, *riant.*

Le préfet... le commissaire, vous voulez dire.

NOIROT.

Ah ! oui, le préfet, le commissaire ; je savais bien...

FANNY, *allant à lui.*

Et Bastien, vous ne l'avez pas vu, monsieur Noirot ?

NOIROT.

Non, mademoiselle. (*A part.*) J' le quitte !... quel intrigant je fais !...

LOUISE, *bas.*

Tu vois bien, tu as tort... Il ne faut pas avoir l'air de t'inquiéter de lui.

FANNY, *de même.*

C'est vrai, mais c'est plus fort que moi.

LOUISE, *de même.*

Et à ta place, moi, loin de brusquer Noirot, je le recevrais bien ; Bastien en serait jaloux, et alors...

FANNY, *de même.*

Tu crois ?

LOUISE.

J'en suis sûre.

NOIROT, *à part.*

V'là mon rival tout-à-fait dans les pioupiou ! Si je pouvais tant seulement me faire aimer une minute par Fanny !

LOUISE, *haut.*

Sais-tu qu'il n'est pas trop galant ton M. Bastien de n'être pas encore venu te voir ce matin ?

NOIROT.

Oh ! il paraît qu'il y a déjà du marron ; bon ! gare la bombe ! tant pire, je tire à boulets rouges sur lui !

LOUISE, *bas.*

Voilà l'instant de profiter de mes leçons.

NOIROT.

Oh ! moi, si j'avais une maîtresse comme mademoiselle Fanny surtout, je serais toujours près d'elle.

LOUISE, *bas.*

Il y vient de lui-même ?

NOIROT.

Mais dam, Bastien, il sait qu'il est beau garçon, car il le sait, allez : il dit à ça : Bah ! on m'aimera toujours assez pour mon usage particulier.

LOUISE.

Tu l'entends ?

FANNY.

Rien n'est moins certain cependant.

NOIROT.

Moi, je voudrais seulement que mademoiselle Fanny me promette une chose.

FANNY.

Laquelle ?

NOIROT.

C'est que si Bastien ne voulait plus d' vous...

FANNY, *vivement.*

Ne voulait plus de moi ?

NOIROT.

Non, non, c'est pas ça... enfin, s'il ne vous épousait pas, que vous vous engagiez à n'être qu'à moi.

FANNY.

Mais je ne peux pas...

LOUISE, *bas.*

Promets-donc, va, ça ne t'engage à rien.

FANNY.

Eh bien ! si vous me prouvez que Bastien a seulement l'intention de rompre notre mariage, je suis à vous.

NOIROT.

O bonheur !

LOUISE.

Viens, Fanny, viens mettre nos châles au vestiaire.

ENSEMBLE.

NOIROT.

AIR :

C'en est fait, Bastien s'engage !
J'ai la promesse de Fanny
Que, s'il rompt son mariage,
Je serai son petit mari.

FANNY.

Si mon amant est volage,
Je le promets aujourd'hui,
Ou s'il rompt ce mariage,
Noirot, vous serez mon mari.

LOUISE.

Pour faire ce mariage
Tu ne risques rien, Fanny,
S'il faut qu' Bastien soit volage,
Noirot n' s'ra jamais ton mari.

Elles rentrent dans le cabinet de droite.

SCÈNE III.

NOIROT, *seul.*

En voilà, de la supercherie!... elle l'a promis, elle sera à moi, comme Bastien est à la patrie...ô heureux Noirot! Mais j'y pense, et Geneviève, oh! fi! fi de la grosse blanchisseuse... ô Fanny, tu l'emportes; à toi, Geneviève, le coup de balai en question, et quel coup de balai!... Ah! rien que d'y penser, j'en ai la chair de poule... Justement la voici; elle arrive comme mars... après février.

SCÈNE IV.

GENEVIÈVE, NOIROT.

GENEVIÈVE.

Ah! c'est vous, monsieur Noirot? dites donc, toute réflexion faite, j'ai pensé qu'il n'y avait pas d'obstacles à notre mariage.

NOIROT.

Ah! tant mieux! tant mieux encore!

GENEVIÈVE.

Oui, j'en ai même parlé à ma mère.

NOIROT.

A votre mère... à celle qui vous fait faire du mironton?

GENEVIÈVE.

Je n'en ai pas d'autres. (*Riant.*) Est-il bête donc! est-ce qu'on a plusieurs mères?

NOIROT.

C'est juste, ce n'est pas comme des autres parens. Et qu'a dit votre unique mère?

GENEVIÈVE.

Oh! elle y consent.

NOIROT.

Tant mieux toujours! Je n'ai qu'une légère observation à vous faire, Geneviève, c'est que je crois que vous vous êtes un peu trop pressée.

GENEVIÈVE.

Que voulez-vous dire?

NOIROT.

Qu'avant que ce mariage se fasse il passera beaucoup, mais beaucoup d'eau sous le pont, à moins que la rivière soit prise.

GENEVIÈVE.

Qu'est-ce que ça signifie?

NOIROT.

Ça signifie que moi aussi, mademoiselle, de mon côté, j'ai réfléchi... le code ne s'y oppose pas, je pense... D'autres à ma place vous diraient: C'est ci, c'est ça; moi, je vous dirai ni l'un ni l'autre... seulement que je ne peux pas souffrir le mironton.

GENEVIÈVE.

Vous disiez tant hier que vous l'adoriez?

NOIROT.

Depuis il m'est revenu ce qu'il me revenait.

GENEVIÈVE.

Par exemple! ah çà! mais dites donc, est-ce que c'est moi qui vous ai demandé?

NOIROT, *il s'éloigne.*

Oh! oh!

GENEVIÈVE, *le poursuivant.*

C'est-y pas vous, au contraire, qui m'avez dit un tas de bêtises?

NOIROT, *de même.*

Eh! eh!

GENEVIÈVE.

Je ne me moque pas mal de vous!

NOIROT, *id.*

Oh! oh! (*A part.*) Comme ça, je peux lui tenir tête long-temps.

GENEVIÈVE.

Je vaux, ma foi, bien un mauricaud comme vous.

NOIROT.

Oh! oh!

GENEVIÈVE.

Air : *Ah! j'étouffe de colère.*

N'est-ce pas un grand dommage
De manquer ce mariage?
 J' trouv'rai bien, sur ma foi,
 Un ostrogoth comme toi ;
Mais ce procédé m'irrite,
 Et j' veux de cett' conduite
 Me venger (*bis*),
Et vais te dévisager.

NOIROT.

De manquer ce mariage,
Vraiment la petite enrage ;
 Ça la flattait, je crois,
 D'épouser un homme comm' moi.
J'ai tellement de mérite,
 Qu'elle veut, quand je la quitte,
 S'en venger (*bis*),
Au point de m' dévisager.

NOIROT.

Voyons, calmez cette colère.

GENEVIÈVE.

J' voudrais te voir, vilain mortel,
A cinq cents pieds en dessous terre,
Comme était jadis Dufavel.

NOIROT.

A vos expressions prenez garde...

GENEVIÈVE.

Taisez-vous! vous n'êtes qu'un benêt!

NOIROT.

Vous, mamzell', vous n'êtes qu'une poissarde!

GENEVIÈVE.

Et vous, monsieur, un paltoquet.

REPRISE.

N'est-ce pas un grand dommage, etc.
De manquer son mariage, etc.

SCENE V.

Les Mêmes, FANNY, LOUISE, *qui sortent du cabinet.**

LOUISE *et* FANNY.

Qu'est-ce donc? d'où vient ce bruit?

NOIROT.

Rien, rien, une répétition, une scène du catéchisme poissard.

GENEVIÈVE.

Je suis furieuse!

Elle va s'asseoir à droite.

NOIROT.

Elle va très-bien. (*A part.*) Je suis assez content, cette rupture s'est faite en termes fort convenables.

LOUISE.

Ah! voilà toutes ces demoiselles.

SCENE VI.

NOIROT, LOUISE, PAMÉLA, FANNY, GENE-VIÈVE, OUVRIÈRES.

CHOEUR.

Air : *A Sainte-Pélagie.*

Nous v'là toutes fidèles
A l'heure du rendez-vous ;
Il n' faut pas, mesd'moiselles,
Faire attendre (*bis*) après nous.

TOUTES.

Tiens, v'là M. Noirot?

NOIROT.

Noirot, toujours au poste!

GENEVIÈVE, *se levant.*

Oui; un joli moigneau!

FANNY.

Et M. Gilbert, que fait-il donc, qu'il n'est pas encore venu?

PAMÉLA.

S'il allait s'amuser!

LOUISE.

A ribotter, n'est-ce pas ?

PAMÉLA.

Ah! je dis ça...

LOUISE.

Apprenez, mademoiselle, que Gilbert ne s'amuse pas.

PAMÉLA.

Quand vous êtes là, c'est possible. (*A part.*) Attrape!

LOUISE.

Insolente! Au fait, Gilbert n'est pas un élégant comme M. Anatole, n'est-ce pas?

PAMÉLA, *riant.*

Je ne le pense pas, toujours.

* Noirot, Louise, Geneviève, Fanny.

NOIROT, *à part.*

Ça m'amuse de les entendre se chamailler.

LOUISE.

Vous ne savez pas, mesdemoiselles? M. Anatole s'est déclaré le chevalier de Mlle Paméla.

PAMÉLA.

Ça ne prouve qu'une chose, c'est qu'il m'a trouvée plus de mérite qu'à beaucoup d'autres.

NOIROT, *les agaçant.*

Qu' sit! qu' sit!

LOUISE.

Oh! qu'est-ce que cette preuve-là prouve? qu'est-ce que M. Anatole? qu'est-ce qui le connaît?

PAMÉLA, *avec emportement.*

Moi, mesdemoiselles.

TOUTES.

Ah! elle le connaît!

PAMÉLA.

Oui, mesdemoiselles, je le connais. Je connais sa famille, sa fortune même.

TOUTES.

Oh! sa fortune!

NOIROT, *sérieusement.*

Oh! je ris trop; j' vas m'asseoir.

PAMÉLA.

Et puisque vous me poussez à bout, apprenez que M. Anatole n'est autre que le grand personnage qui doit m'épouser.

TOUTES.

Il se pourrait!

NOIROT.

C'est-à-dire que c'est un conte de fées.

LOUISE.

Allons, je vois qu'un jour tu seras madame la duchesse gros comme le bras.

PAMÉLA.

Non, madame Gilbert, on ne sera pas duchesse ; mais on sera marquise.

TOUTES.

Marquise !

LOUISE.

Oui, marquise de Carabas.

NOIROT.

Oh!

Chantant.

To, to carabo... ta, ta caraba !

PAMÉLA.

Non ; mais bien marquise de la Torillère, épouse de M. Anatole de Buscambille.

NOIROT.

Buscambière, Torambille, en v'là des noms égyptiens! ça ne peut jamais aller sur l'eau; buscam va te faire lan laire : faut avoir volé père et mère pour prononcer ça.

LOUISE.

Eh! tenez, tenez, mesdemoiselles, le voilà justement M. le marquis.

GENEVIÈVE.

Si je pouvais lui donner dans l'œil, ça ferait bisquer mon singe de fondeur.

SCENE VII.

Les Mêmes, THÉOPHILE.

THÉOPHILE.

Eh quoi! mesdemoiselles, je vous trouve toutes réunies! quel aimable assemblage!

TOUTES, *entre elles.*

Comme il s'exprime!

THÉOPHILE.

On croirait, en honneur, admirer les plus jolies fleurs d'un riant parterre.

NOIROT, *riant.*

Il est d' fait que ça dégotte celui des Funambules, le parterre.

LOUISE, *bas à Fanny.*

Il faut rire, chut. (*Haut.*) Monsieur Anatole de...

NOIROT.

Buscam... chose.

LOUISE.

Nous sommes vraiment confuses de l'honneur que vous voulez bien nous faire en venant partager nos plaisirs grossiers.

THÉOPHILE.

Je ne comprends pas.

LOUISE.

La feinte est inutile, monsieur le marquis, nous savons tout.

NOIROT.

Oui, oui, nous savons tout, et même... elles savent tout. (*Il rit.*) Il est bon le calembourg.

THÉOPHILE, *comme fâché.*

Ah! je le vois, la petite a causé.

PAMÉLA.

Croyez bien que c'est parce qu'on m'y a forcée.

THÉOPHILE, *avec des contorsions.*

Voilà ce que je craignais! Surtout, mes jeunes amies, pas de façons avec moi; je serais désolé de paralyser en rien vos innocens plaisirs.

Il lorgne Geneviève.

NOIROT, *qui l'examine.*

Il paraît que cette cravate-là le gêne encore.

GENEVIÈVE, *à part.*

Il m'a fisquée! le v'là fisqué!

NOIROT.

Ah! enfin v'là tout notre monde.

SCENE VIII.

Les Mêmes, GILBERT, BASTIEN, TOUS LES OUVRIERS, LA MÈRE BONTEMPS *au milieu d'eux.**

CHOEUR.

Air : *Paris, quelle ville agréable* (Victorine).

Amis, il faut chanter et rire,

* Fanny, Bastien, Noirot, Louise, Mme Bontemps, Gilbert, Théophile, Paméla *et* Geneviève *sur le deuxième plan à gauche.*

Et que la gaîté nous inspire!
Voici le jour tant souhaité
Par les enfans de la gaîté.
Vivent les enfans de la gaîté!

LA MÈRE BONTEMPS.

Me voilà, mes enfans, me voilà!

GILBERT.

Et nous itou.

NOIROT, *riant.*

Voyez-vous, la mère Bontemps, il n'y faut pas plus d'hommes que ça.

LA MÈRE BONTEMPS.

Tiens, une douzaine, c'est pas de trop pour moi.

LOUISE, *à Gilbert.*

Ah çà! y penses-tu de venir si tard?

GILBERT.

Ah! tu crois que ce n'est rien que d'avoir une pareille responsabilité sur les épaules; aussi j'ai tout écrit; voilà l'ordre et la marche : le repas, la musique, les voitures, les déguisemens. Tenez, lisez ça, vous autres, et voyez si je n'ai rien oublié.

Ils remontent tous à droite.

Eh bien! ma petite Fanny, nous allons nous en donner, hein?

FANNY.

Mon Dieu! je vous croyais malade, pour le moins.

BASTIEN.

Moi, malade? ah! bien oui! Je veux être le boute-en-train de la fête.

NOIROT, *le tenant par le bras.*

Eh ben! y penses-tu de parler comme ça?

BASTIEN, *le tenant par le bras.*

C'est pour mieux cacher mon chagrin.

NOIROT, *à part.*

C'est que, s'il va faire l'aimable, ça ne fera plus mon compte.

*Il passe à droite *.*

GILBERT, *à la mère Bontemps.*

Et vous, la maman, vous ne voulez donc pas prendre un costume comme nous?

LA MÈRE BONTEMPS.

Se déguiser! à mon âge? faire encore cette folie! C'est pour le coup qu'on en rirait!

Air *du Mariage à la hussarde.*

Encore si ça pouvait me rendre
Mes yeux et mes jamb's de vingt ans,
Je n' s'rai pas la dernière à prendre
Un costume des plus fringans ;
Mais lorsque la mort nous réclame,
S' déguiser v'là l' grand embarras.

GILBERT.

Déguisez-vous en méchant' femme,
Ben sûr qu'on n' vous r'connaîtra pas (*bis*).

Et toi, Bastien?

* Bastien, Louise, Gilbert, Mme Bontemps, Noirot, *les autres au fond.*

BASTIEN.

Oh ! sois tranquille !

NOIROT, *d'un rire bête.*

Dis donc, Bastien, si j'ai un conseil à te donner, faut te mettre en tourlourou.

BASTIEN, *sévèrement.*

Noirot !

NOIROT, *à part.*

Ah ! qu'est-ce que j'ai dit là ? c'est pas gentil, Noirot, je ne suis pas content de vous.

Tout le monde est assis, excepté Gilbert et Noirot.

GILBERT.

Et toi, Noirot ?

NOIROT.

Oh ! ne t'occupe pas de moi, j'ai mon affaire, un costume tapé aux oiseaux.

GILBERT.

Et quel costume ?

NOIROT.

Ah ! ça, c'est mon secret.

GILBERT.

Ah ! j' comprends, c'est une surprise.

NOIROT.

Allez toujours ; vous m'en direz des nouvelles. Je me suis arrangé avec le costumier des Folies-Dramatiques...

GILBERT.

Ah ! farceur !... j' devine comment que tu vas te déguiser.

NOIROT.

Oh ! j' parie deux sous que non.

GILBERT.

Voulez-vous savoir comment il va s' mettre ?...

NOIROT, *courant lui fermer la bouche.*

Ah ! bien, non, non, si tu le sais...

GILBERT.

Il a loué le costume de la Fille de l'Air. (*Chantant*) Sylphide légère... Ah ! c' te balle !...

NOIROT.

Va donc, gouailleur !

GILBERT.

Sans compter que tu feras bien.

AIR *de Bruno le Fileur.*

De se déguiser,
Mes amis, maint'nant c'est la mode ;
Il faut s' déguiser,
C'est le seul moyen de s' poser ;
Pour les intrigans
C'est une si bonne méthode !
Les déguisemens
Font la fortune de bien des gens.

Voyez ce Bertrand,
Et voyez ce Robert-Macaire,
Ils exploit'nt maint'nant
La capitale proprement.
Leur habileté
A ressuscité l'actionnaire
Dont la naïv'té
Rappell' Jocrisse l'hébété.

De se déguiser, etc.

Tout le monde reprend le refrain sur lequel Gilbert et Noirot dansent.

Et cette jeune beauté
Dont la sagesse nous étonne,
Quelle timidité
Et quel air d'ingénuité !
On croit à l'autel
Conduir' l'innocence en personne,
Mais gare au réveil,
Malgré l'bouquet artificiel !

TOUS.

Oui, le carnaval
Dur' toute l'anné', sur la terre.
La vie est un bal
Où chacun s'intrigu' bien ou mal.
La maîtress', l'amant,
L'époux, la femm', l'enfant, le père,
Tout le monde vraiment
Se déguise à chaque moment.

REPRISE.

Oui, le carnaval, etc.

GILBERT.

Ah ça ! j' vas chercher la voiture : c'est bien vu, bien entendu, vous n'avez rien à me recommander ?

TOUS.

Non, seulement de te dépêcher.

GILBERT.

Soyez tranquille.

NOIROT.

J' pars avec toi.

REPRISE.

De se déguiser, etc.

Ils sortent en dansant.

SCENE IX.

LES MÊMES, *excepté* GILBERT *et* NOIROT.

BASTIEN.

Ah çà ! en attendant le retour de Gilbert, qu'est-ce que nous allons faire ?. il me semble que ça ne nous ferait pas de mal de nous rafraîchir un peu.

TOUS.

Sans doute, sans doute.

BASTIEN.

Garçon, du vin et des verres.

LOUISE.

Et nous ?...

LA MÈRE BONTEMPS.

Eh ! pardine, il n'y a qu'à jouer à la main chaude !

TOUTES.

C'est ça ! c'est ça !

LE GARÇON, *entrant.*

Voilà, messieurs !

BASTIEN.

Ces dames désirent-elles se rafraîchir ?

TOUTES.

Merci !

GENEVIÈVE, *qui allait se cacher la tête.*

J' boirais bien un coup tout d' même.

BASTIEN.

Oui, eh bien ! venez...

THÉOPHILE, *bas à Bastien.*

Dis donc, avec ma dignité de marquis, je boirais bien aussi.

BASTIEN, *de même.*

En ce cas, viens faire comme nous. (*A part*) Si je pense à m'amuser... enfin il faut bien faire contre fortune bon cœur. (*Haut.*) Allons, amis.

CHOEUR.

AIR *Carmagnole.*

Tin! (4 *fois.*)
Mes amis, faisons bombance.
Tin! (4 *fois.*)
Chantons en cadence.

BASTIEN, *seul.*

C'est aujourd'hui jour de plaisir!
Comme il fuit celui qui l'évite,
Il n'a qu'à ne plus revenir ;
N' lui laissons pas prendre la fuite.
Jusqu'à demain (*bis*).
Qu'la joie
Ici s'déploie ;
Le verre en main,
C'est le moyen (*bis*).
De chasser son chagrin.

REPRISE.

Tin! tin! (*bis.*)

SCENE X.

LES MÊMES, UN GARÇON.

LE GARÇON.

Lequel de ces messieurs se nomme M. Bastien ?

BASTIEN.

C'est moi... qu'y a-t-il ?

LE GARÇON.

Votre patron vous fait dire de passer sur-le-champ chez lui.

BASTIEN.

Que peut-il me vouloir ?... (*A Fanny.*) Regardez donc Fanny, c'est comme un fait exprès... mais soyez tranquille, je ne serai pas long-temps.

Il sort en courant.

FANNY.

Oh! il se passe quelque chose d'extraordinaire.

LOUISE.

Allons, bon, voilà qu'elle va aller se mettre martel en tête, à présent !

NOIROT, *dans la coulisse.*

C'est une horreur ! une infamie !

TOUS.

Ah! mon Dieu! c'est la voix de Noirot!

LA MÈRE BONTEMPS.

Après qui donc en a-t-il encore ?

SCENE XI.

LES MÊMES, NOIROT , *en costume de Bédouin, et tout hors de lui,* FANNY, LOUISE, Mme BONTEMPS, THÉOPHILE, PAMÉLA, GENEVIÈVE.

NOIROT.

Ça ne se fait pas... c'est pas dans la Charte.

TOUS.

Ah ! ce costume !

NOIROT.

Oui, riez, riez, c'est bien amusant; je me déguiserai encore...

LA MÈRE BONTEMPS.

Que vous est-il donc arrivé, mon pauvre Noirot?

NOIROT.

Ne m'en parlez pas , madame Bontemps : j'avais retenu chez M. Pot , le tailleur des Folies-Dramatiques, ce costume qui sert dans le Frère de l'Arabe.

LOUISE.

Dans Zara ?

NOIROT.

Oui, dans la sœur du Désert ; c'est celui de M. Lajaretierre.

LOUISE.

Lajaretierre?

NOIROT.

Oui, un acteur qui s'appelle comme ça.

LOUISE.

Lajarriette, vous voulez dire.

NOIROT.

Eh bien! oui, Lajaretierre ; vous savez bien qui j'veux dire...

LOUISE, *riant.*

Ah ! je devine ; voilà pourquoi vous teniez tant à ne pas vous débarbouiller.

NOIROT.

Juste! je revenais donc déguisé de la sorte, et franchement je faisais de l'effet, là! parole d'honneur , je faisais de l'effet, lorsqu'au coin de la rue , sur le carrefour, voilà la catastrophe! des bandits... que dis-je, des bandits? c'est trop doux pour eux... des... des... polissons, m'ont agoni de sottises.

GENEVIÈVE.

C'est bien fait !

NOIROT.

Oh! la rancuneuse !

LA MÈRE BONTEMPS.

C'est qu'ils vous auront pris pour un vrai Bédouin, peut-être ?

NOIROT.

Je l' sais bien, puisqu'ils m'ont dit les choses les plus disgracieuses; ils ont été jusqu'à m'appeler *Abel Caïler* ; une sottise bédouine, sans doute, des vilenies, quoi ! ça n'aurait encore rien été s'ils s'en étaient tenus aux gros mots ; mais ils les ont ornés d'une quantité de projectiles secs et liquides : en un mot, ils m'ont arrangé (*se retournant*) comme vous voyez.

TOUS.

Ah ! ce pauvre Noirot !

LA MÈRE BONTEMPS.

Après tout, ça prouve la vérité du costume ; ils ne vous ont arrangé comme ça que par esprit national.

NOIROT.

Merci de l'esprit national! que le Français échine le Bédouin à Constantine, bravo! j' donne ma voix ; mais pas quand j' suis le bédouin en question... non, non, je sors d'en prendre.

GENEVIÈVE, *riant.*

Ou d'en recevoir.

NOIROT.

Taisez-vous, vipère !

LOUISE.

Ça ne sera rien, mon pauvre Noirot, ça se séchera.

NOIROT.

Et puis, comme M. Lajar... oui, comme il sera content quand on y reportera son costume dans cet état-là!... et on croit que je m'amuse ! Ah ! non, non, fichtre... pas.

LA MÈRE BONTEMPS.

Bah ! bah ! faut pas que tout ça vous empêche de vous divertir.

NOIROT.

Vous croyez?.. Ah ! au fait, vous avez raison, mère Bontemps, je m'amuserai tout de même, tant pis ! ça sera bien fait. Gare là-dessous, que je m'amuse ! Ah ! ah ! ah ! ah !

Il fait des extravagances ; il saute sur les chaises et les renverse.

TOUS.

Allons, le v'là parti !

NOIROT, *revenant en sueur.*

J'ai l'air comme ça, je n' m'amuse pas du tout.

On entend du bruit.

TOUS.

Allons, qu'est-ce encore ?

~~~~~~

SCENE XII.

LES MÊMES, GILBERT.

GILBERT, *effaré.*

Ah ! mes amis, quel malheur !

TOUS.

Qu'y a-t-il? Que t'est-il arrivé ?

LA MÈRE BONTEMPS.

Expliquez-vous, mon gendre !

GILBERT.

Ah ! laissez-moi, laissez-moi respirer.

LOUISE.

Ah ! mon Dieu, je tremble.

GILBERT, *à part.*

Avaleront-ils la couleur ?

TOUS.

Mais parle, parle donc !

GILBERT.

Une chaise, un verre de vin, n'importe quoi... Voilà... voilà que j'y suis... Ah ! quel événe-

ment!...Vous savez que je suis parti d'ici tout joyeux, le sac d'argent sous le bras, afin de payer partout les dépenses de la société.

TOUS.

Oui, eh bien ?

GILBERT.

Eh bien ! ici près je rencontre des étrangers qui m'abordent en me disant : Gentlemann, vous avez l'air fatigué de porter ce gros sac sous le bras ?

NOIROT.

O Dieu ! je crains de deviner.

GILBERT.

Moi, naturellement, je dis: Bah, j'en porterais vingt pareils si seulement je les avais. Tout en marchant, ils me disent qu'ils voudraient bien changer de l'or qu'ils avaient contre des pièces de cinq francs.

NOIROT.

Là, j'ai deviné ! et ils t'ont proposé de te donner des louis pour tes pièces de cent sous ?

GILBERT.

Juste !

NOIROT.

Et ils t'ont refait de ton sac ?

GILBERT.

Tu l'as dit.

NOIROT.

Ah ! soutenez-moi... je m'en vas...

THÉOPHILE, *aux autres.*

Le vol à l'américaine !

GILBERT, *à part.*

Allons, ils prennent assez bien la chose. (*Haut.*) Mais il n'est pas juste que vous supportiez une perte qui ne doit regarder que moi seul.

TOUS.

Allez donc, c'est un malheur, v'là tout.

GILBERT.

Oh ! mais c'est pas comme ça que je l'entends ; j'ai même fait une reconnaissance à chacun.

TOUS.

Et nous ne l'accepterons pas.

UN OUVRIER.

Seulement ce qui me contrarie, moi, c'est pour aujourd'hui, plus moyen de s'amuser.

TOUTES LES FEMMES.

Il est bien question de s'amuser à présent !

PAMÉLA, *à Théophile.*

Ah ! monsieur le marquis, voici l'instant de faire usage de votre brillante fortune.

THÉOPHILE.

Ah ! vous croyez, Paméla, que c'est l'instant ?

PAMÉLA.

Sans doute... le repas est commandé ; payez-le, et écrasez-les tous du poids de votre générosité.

THÉOPHILE.

Si vous m'en croyez, Paméla, n'écrasons personne. (*A part.*) Ça commence à ne plus devenir aussi amusant...

TOUTES LES PETITES.

Ah ! monsieur le marquis, monsieur le marquis !

GILBERT, *riant.*

Eh! mes petites amies, il n'est pas plus marquis que vous et moi.

TOUTES.

Qu'entends-je !
~~~~~~

PAMÉLA.

Quoi ! M. Anatole ?...

GILBERT.

N'est autre que Théophile, un ami de Bastien et à moi.

PAMÉLA, *à part.*

Je suis jouée ! (*Haut.*) Vous croyez peut-être que je n'avais pas tout deviné ?

GILBERT.

Ah ! bien ! bon ! j'aime mieux ça ! Et aviez-vous deviné aussi qu'il était marié et père de trois enfans ?

TOUTES.

Trois enfans ! quelle horreur !

Elles s'éloignent.

GENEVIÈVE.

Avec tout ça, comment allons-nous faire ?

LA MÈRE BONTEMPS.

Eh ! pardine, il ne faut pas tant de beurre pour faire un quarteron... Nous avons des bijoux, nous ne resterons pas en gage pour ça.

TOUTES.

C'est ça, c'est ça.

SCENE XIII.

LES MÊMES, BASTIEN.

BASTIEN, *tout joyeux.*

Ah ! mes amis ! ah ! Gilbert, que je t'embrasse !

NOIROT, *tristement.*

Tu sais la nouvelle... hein ?

BASTIEN.

Oui, oui, M. Durant m'a tout dit.

NOIROT.

Le recruteur sait que Gilbert s'est fait voler.

BASTIEN.

Qui lui, Gilbert, volé ?...

NOIROT.

Ah ! oui, de tout l'argent de la masse.

GILBERT.

Aïe ! aïe ! ah ! oui, oui, je leur ai conté la chose...

BASTIEN.

Ah ! mais je vois alors qu'il vous a caché la vérité ; mais moi, je vais vous la dire.

GILBERT.

C'est pas la peine, puisqu'ils savent tout.

BASTIEN.

Ah ! mais elle te fait trop d'honneur pour la taire. Apprenez, mes amis, qu'hier j'eus le malheur de perdre les mille francs que j'étais allé toucher pour mon patron.

TOUS.

Ah ! mon Dieu !

NOIROT.

C'est pas d'jeu, tu ne devais pas le dire.

BASTIEN.

J'avais bien quelques économies ; mais ne sachant comment compléter cette somme...

NOIROT, *l'interrompant.*

Puisque c'est comme ça, c'est moi qui parlerai.

TOUS.

Mais laissez-le donc.

NOIROT, *criant.*

Je parlerai, je parlerai ! Pour compléter cette somme... il s'est vendu !

TOUS.

Vendu !

FANNY.

Ah ! Bastien !... et je vous accusais...

BASTIEN.

Gilbert a su ça, et cet argent dont il vous a dit avoir été volé, il l'a employé à me dégager d'avec le recruteur.

TOUS.

Il serait vrai !

NOIROT.

Je suis repassé.

LA MÈRE BONTEMPS.

Vous avez fait ça, Gilbert ? vous avez fait ça ?... Embrassez-moi, mon gendre.

GILBERT.

Ben volontiers ; mais v'là-t-y pas ben d' quoi s'étonner ! j'ai-t-y pas fait un beau venez-y voir !

AIR : *J'vas inviter ce soir tout le village.*

Pour nous aider ne somm's-nous pas sur terre,
Nous pauvr's diables surtout qui n'avons rien ?
Dans chacun d' nous nous devons voir un frère
Et nous servir tour à tour de soutien.
Quoi ! mon ami s' trouve dans un' mauvaise passe,
Je puis l' sauver et je l'abandonn'rais !
Dans le grand monde c'est possible que ça s' fasse,
Chez l'homme du peuple ça ne se fait jamais.
Nous sommes du peuple, et nous n' le f'rons jamais.

UN OUVRIER, *à Gilbert.*

Ah çà ! mais pourquoi que tu ne nous as pas dit la vérité ?

GILBERT, *hésitant.*

C'est que je craignais...

L'OUVRIER.

Qui ? nous te blâmerions de ce que t'avais fait ! ah ! Gilbert, c'est mal.

GILBERT, *leur tendant la main à tous*

C'est vrai, j'ai eu tort.

NOIROT.

Avec tout ça, je suis floué, moi, je paie pour mon rival.

GENEVIÈVE.

C'est bien fait, renégat.

GILBERT, *sévèrement.*

Noirot, j'ai dit que j'avais fait une reconnaissance de ce que j' vous devais à tous.

BASTIEN.

Mais écoute donc que je t'explique.

GILBERT, *le repoussant.*

Ça ne te regarde pas, j'en parle plus aux amis, j' les connais ; mais v'là la tienne.

Il la lui donne.

NOIROT.

A moi, tonnerre ! à moi, me faire un pareil affront ! Tiens, la v'là ta reconnaissance. (*Il la dé-*

chire.) J' dis ça parce que ta jalousie, l'amour..... mais un camarade ! un camarade ! ô Dieu !

Il pleure.

GENEVIÈVE.

Ah ! que vous êtes vilain comme ça !

NOIROT, *à Geneviève.*

Qu'est-ce qui vous parle, à vous ? Pour un camarade c'est-y pas assez ? faut-y que je m' dépouille ? v'là mes habits, v'là mon chapeau ; ah ! non, c'est une calotte... Ah ! cré coquin! cré coquin !

BASTIEN.

Allons, calme-toi, Noirot, et écoute-moi.

NOIROT, *furieux.*

Oh! non, j'veux pas m' calmer...un pareil affront... j' suis furieux !

GILBERT.

Furieux d'avoir perdu ton argent ?

NOIROT, *de même.*

Oh! ah ! si on peut dire...

LA MÈRE BONTEMPS.

Allons, voyons, plus de colère.

NOIROT, *de même.*

J' veux être en colère, nà.

GILBERT.

Reste donc tranquille! n' joue donc pas la comédie!

NOIROT, *exaspéré.*

Ah ! je joue la comédie!...ah! je n' suis pas en colère!... Ah! ah ! ah !

TOUTES.

Eh ben! qu'est-ce qu'il fait?

Il s'arrache une dent.

LOUISE.

Il s'arrache les dents, à c't' heure!

NOIROT.

Oui, en v'là une... ah ! je ne suis pas en colère ! (*La montrant à Gilbert.*) Suis-je en colère à présent, hein ?

GILBERT, *riant.*

Ah ! l'imbécile!... encore une vingtaine de crises, et t' faudra d' la boulie.

BASTIEN.

Mais écoutez-moi donc encore une fois ; personne ne perdra rien : vous savez bien que le patron m'a fait demander ?

TOUS.

Oui, eh bien?

BASTIEN.

C'était parce qu'un commissionnaire venait de lui rapporter mon portefeuille qu'il avait trouvé.

TOUS.

Il se pourrait !

BASTIEN.

Voilà cet argent, mes amis; je suis heureux de pouvoir vous le rendre, non que je pense être quitte envers vous.

GILBERT, *qui tient l'argent.*

Camarades, c't' argent, nous l'avions destiné pour nos plaisirs, mais depuis que j'ai vu c' qu'on pouvait faire de bien avec une pareille somme, je ne m'amuserais plus en le gaspillant comme nous devions le faire.

TOUS.

Ni moi, ni moi non plus!

GILBERT, *avec force.*

Ni vous non plus! eh ben! tout-à-l'heure, à l'instant même, la mère Bontemps nous avait donné un conseil que nous allions suivre; si vous m'en croyez, nous ferons encore comme si j'avais été volé.

TOUS.

Ça y est, ça y est!

GILBERT, *de même.*

Et cet argent-là, mes amis, cet argent-là, nous le donnerons à la petite Fanny ; ça sera la dot de l'orpheline.

TOUS, *tapant des mains.*

Bravo ! bravo ! adopté, adopté!

BASTIEN.

Ah ! Gilbert, mon ami !

FANNY.

Ah! monsieur Gilbert!

NOIROT, *gravement.*

Gilbert, sans rancune, voilà ma main.

GILBERT, *riant.*

Tu n'as plus de dent contre moi.

NOIROT.

Je suis même fâché de m'en avoir arraché une.

GILBERT.

Ça a dû te faire du mal?

NOIROT.

Non, c'était une dent de lait.

UN GARÇON.

Messieurs et dames, on va servir.

TOUS.

Fameux !

CHOEUR.

AIR *de l'Ambassadrice.*

Allons tous à table,
Dans un gai repas,
Près de femme aimable,
Fêter l' mardi gras.

GILBERT, *à* **Paméla.**

Allons, bah ! Paméla, faut pas bouder.

PAMÉLA.

Ah! monsieur Gilbert, je suis corrigée, et si jamais j' trouve quelque bon ouvrier comme vous ou comme M. Bastien...

GILBERT.

Vous n'êtes pas dégoûtée; mais en attendant que ce bonheur-là vous arrive, à table !

NOIROT.

Mademoiselle Geneviève, est-ce qu'il n'y aurait pas moyen de moyenner ?

GENEVIÈVE.

Du tout, vous n'aimez pas le mironton.

NOIROT.

Me voilà comme on dit : entre deux selles. C'est fini, j' suis trop bête, je ne m'emmènerai plus en société. (*Les musiciens jouent dans la coulisse l'air:* Où peut-on être mieux; *pendant ce temps Noirot, qui n'a plus de siége, en cherche partout, et finit par venir sur l'avant-scène; pendant ce temps la toile tombe. Aux musiciens.*) Messieurs, vous n'auriez pas une chaise qui ne vous servirait pas? Allons, bon, v'là qu'ils ont fermé la porte, et ils mangent sans moi. Non, il est dit que je serai la victime jusqu'au bout... Ah! je vois pourquoi ils ont fait cela, c'est en cas qu'il y ait du galoubet. (*Il fait le signe de sif-fler.*) Ils croient que j' vas vous parler de la pièce, je ne m'en moque pas mal et d'eux aussi; j' vous en dirai pas seulement un mot, j'ai bien assez de mes tracas sans me mêler...

Au public.

AIR : *du vaudeville du Baiser au porteur.*

Vous l'avez vu, depuis un an j'amasse
Pour me procurer c' plaisir-là ;
C'est tout comme vous, qui payez votre place
Pour venir entendre tout ça,
Car vous payez pour venir entendre ça ;
Moi, pour mon compt' franchement je m'embête,
J' pensais pourtant fièr'ment me divertir,
Il n' manqu'rait, pour compléter la fête,
Qu' vous éprouviez le mêm' plaisir (*bis*).

Après avoir chanté son couplet, il demande : Cordon s'il vous plaît ! *On lève la toile ; la table a disparu, tout est disposé pour le galop. Noirot crie :* « On danse ; » un instant, j'en suis !... »

GALOP GÉNÉRAL.

FIN.